何正国，二十世纪七十年代出生于安徽太湖。哲学硕士，现供职于一家童书出版社，编审。诗歌爱好者。已出版个人作品集《左岸春风　右岸芦苇》。

坐 看 云 起 时

何正国 著

黄山书社

序：诗人的五副面孔

莫幼群
安徽诗歌学会副会长兼秘书长

“城市的空气使人自由。”这句欧洲中世纪谚语，道尽了那个时代城市的好处。随着岁月的变迁，城市赋予人类的好处越来越多。那么，对于人类当中最敏感的人群之一——诗人来说，城市究竟是利大还是弊大呢？

我以为，城市对于诗人，总体上是利好的。因为在城市里，人与人的关系要松散很多，可以尽情呼吸自由的空气，不需要担心太多的禁忌，不需要担心别人的眼光干涉自己的生活。同时，也不去羡慕别人的生活——让逐利者逐利、奢华者奢华、喧嚣者喧嚣，而我自岿然不动。一个真正的诗人，需要的正是不被关注、不被打扰，静静地待在城市的一角，经营着自己的心灵事业。

何兄正国，嘱我为其大著《坐看云起时》作序。我惶恐之余，认真拜读了他的诗作，并重新打量起他的面孔。这位以学富五车、谦谦君子著称的学者型编辑，在生活和职场中都显得十分纯粹；作为诗人，却又有着多面性。

首先，他是一位城市诗人。城市的巨大和庞杂，使得细小的事物变得卑微；城市的水泥化和机械化，使得鲜活的生灵变得脆弱。而在诗人眼里，这些事物和生灵反倒显得更加突出。这种反差，使得城市里的诗情如同一道道潜流，在物欲和尘嚣之下缓缓流淌，当它流到有心人的心田，就澎湃为一片诗海。

面对一朵吐蕊的小花
我会低下头来，深情地凝视

看到路边的狗尾巴草
我会俯身弯腰，微笑着致意

经过一群搬家的蚂蚁
我会停住脚步，等它们先行

雪地里飞来几只小鸟
我会在窗台边撒上一些粮食

天空掠过老鹰的身影
我会提醒草丛中嬉戏的兔子

我爱那些细小的事物
就像爱卑微的自己
就像爱，这低矮尘世的春风

——《我爱那些细小的事物》

这首《我爱那些细小的事物》，似乎是理解何兄整个诗歌创作的一把钥匙。何兄以卑微自况，其实是以自身之精微，贴近那些城市里的细微和幽微，饱含爱意地向它们致意、将它们歌颂。《牵牛花》一诗开头温情地写道：“你张开小小的喇叭 / 我举起虚拟的酒杯 / 在十月的早晨 / 我们彼此问候和打量”，所谓相看两不厌，指的就是这种境界吧。

其次，他是一位博物诗人。生活在城市里的动植物，或许并不像人类想象的那样憋屈，而是充满了生存智慧，在夹缝中活出了精气神。何兄仿佛万物的拾音者，录下动植物忍耐时的微叹声、成长时的拔节声、颠沛时的加油声、开花结果时的欢愉声……近些年，写城市里的鸟兽草木成为一种时尚，坊间已经有不少大大小小的著作，但老实说，质量参差不齐。何兄笔下的动植物，则充满了物之秀、物之灵、物之哀、物之远。他写樱花："樱花且开且落 / 谁看到了春天的眼神 / 谁又瞥见了春天的伤口 // 人间四月，万物葳蕤 / 樱花像一道闪电 / 掠过大地，倏生倏灭 // 只有美与疼痛 / 在轮回里，亘古如斯"，写尽了生命之易逝和美之永恒；他写睡莲："日出时睁开眼睛 / 天地清新 / 日落时合上眼帘 / 尘世混沌 // 在黑暗中打坐 / 内心升起的火焰 / 足够照亮自己 // 日复一日的轮回 / 是生存之道 / 也是无邪之美"，揭示了生命之密码和轮回之奥秘；他写白鹭："水田间，一只白鹭 / 多么白的白鹭 / 比春风还白 / 可惜春风走远了 // 比流水还白 / 但流水被夕阳染红 / 比月亮还白 / 但月亮还没升起 // 一只孤单的白鹭 / 要带着洁白的影子 / 往哪里飞呀"，复活了每个人童话般纯美的生命记忆……这些小诗，是当代的绝句，是寄往原乡的信笺——城市自然不是这些动植物的原乡，他既是替它们、也是替自己来给遥远的故乡写信；这些小诗，又是生命的哲学，是面向永恒的叩问——包括人在内的所有生物，都不过是地球上短暂的存在，那么在极其有限的时间里，如何使生命有意义？

早春的鸟啼，先于
花朵返回枝头，先于
日出抵达清晨

先于从梦中撤退的人
扑进氤氲的山水画
先于千山之外的村庄
在炊烟里活泛起来

先于陶渊明
来到柳树下饮酒
先于孟浩然
把一首绝句写好

这湿漉漉的鸟啼啊
先于车水马龙
先于人声鼎沸
叫醒一座现代城池

——《早春的鸟啼》

这首《早春的鸟啼》是对于大自然中一切生灵的赞美，人类活动包括陶渊明、孟浩然这样的大诗人的创作活动，都清新不过一声湿漉漉的鸟啼。鸟儿发声，其实并无玄机，完全是出自本性——生来如此。诗人在这里可能是想告诉我们：只要秉持本性，生命便有了意义。

再次，何兄是一位古典诗人。一方面，他有着深厚的学者素养，饱读诗书。古典若酒，在他的块垒里变得更加芬芳；先贤如兄，他欣欣然地与他们对话。李白和苏东坡，是他诗作中出现最多的古代人物，例如《把月光打包带走》："有多少清凉的月光 / 曾被我白白浪费 // 今夜，我要就着这一壶酒 / 与你对饮，不醉不归 /

不要说山长水阔 / 不要说前世今生 / 也不要说李白和苏东坡 // 你看，月亮都瘦成这样了 / 你怎么还不转过身来 / 趁着风不注意 / 帮我把月光打包带走。”喜月爱酒，本是千百年以来诗人的共同习性，何兄也别无二致，这是他与李白们、苏东坡们在诗人风度上的共鸣。当然更少不了思想深处的共鸣，如《致又一年》：“我写下了很多诗句 / 每一句都是对大自然的 / 回应，或感恩 / 我不敢说这是情书 // 我对光阴也充满礼赞 / 但光阴是一条河流 / 左岸春风，右岸芦苇 / 人到中年，轻舟已过万重山 / 我路过了陶渊明 / 也路过了陈子昂 // 尘世高不过故乡的屋檐 / 我是来自山里的飞蓬 / 早学会了低头做人 / 活得卑微又自在 / 我在月光下打开 / 细小的花朵，唯自己可见 // 我站在凛冽的阳光下 / 任风吹，我的山河明亮。”古往今来诗人共同的身世感、漂泊感和时间意识、自然意识，在何兄的作品中一一浮现且格外明亮，他以现代人的敏感和细腻，接续了古典诗歌伟大的抒情传统。再看话语体系上的共鸣，如《眺望春天》：“……从古中国的山水之间 / 奔涌而至的春天 / 从《诗经》和唐诗宋词里 / 款款而来的春天 / 从北风的大呼小叫中 / 脱胎换骨的春天 // 让你永远看不够 / 苏小小一样妩媚的春天 / 让你思乡情更怯 / 千里莺啼绿映红的春天 / 让你聊发少年狂 / 忙趁东风放纸鸢的春天 / 让你且将新火试新茶 / 诗酒趁年华的春天。”这首诗借用一连串的经典诗句，妥帖地安放在自己的作品里，毫无生硬之感，可谓浑然天成。

另一方面，何兄有着良好的古典美感，除了讲求遣词造句，还讲求节奏、韵律和造型，力求呈现闻一多先生所标举的诗歌“三美”——绘画美、音乐美、建筑美。不夸张地说，他的很多诗歌作为范文，不易一字即可选入学生读本。经营了数千年的中国诗歌的文字之美和形式之美，在当代不至于丢失，正是因为有着何兄这样一批后继力量。在这部集子里，有一首造型精妙的小诗，便是诗歌“建筑美”的典范：

想山中的春雪已经消融
山寺的桃花就要盛开
映山红燃起的大火
也烧到了山脚下
烧红了半边天
年迈的和尚
双手合十
说人间
真美

燕子
一对对
飞过田野
飞入紫云英
忽然就不见了
一群青蛙喊起来
放牛的孩子奔跑着
母亲唤他回家的声音
让四月的黄昏越来越深

——《四月》

燕子、紫云英、青蛙、放牛的孩子、母亲的声音……这首精心构筑的小诗，又是一座乡愁小屋。是啊，何兄还是一位乡愁诗人。

甚至可以说，乡愁诗人是他多副面孔中最突出的一面，乡愁铺就了他诗歌创作的底色。

在城市的高楼之间如何安放乡愁？首先是对故乡风物的无比眷恋。在何兄笔下，这种眷恋甚至成为一种被动，凝结成“被故乡追赶”的奇崛意象。《被故乡追赶的人》一诗写道：“刚一转身，故乡就在背后追赶我 / 鸟啼和流水在追赶我 / 炊烟和云朵也在追赶我 // 哪怕我逃到天涯海角 / 故乡都一直如影随形，用我的方言 / 来暴露我，用我的胃口来出卖我 / 用我的朋友圈来晒我，用落日和晚霞 / 来眺望我，用一轮明月来穿越我 / 用夜半的蛙声来皈依我 // 人到中年，故乡追赶得越来越紧 / 像风一样缠住我，像路一样引诱我 / 像米酒一样灌醉我，像梦一样 / 笼罩我，像旧情重燃一样困住我 / 像天使一般，带我回到紫云英的春天 / 回到屎壳郎的夏天，带我回到 / 红柿子的秋天，回到白雪花的冬天 // 被故乡追赶的人多么无奈 / 被故乡追赶的人又多么幸福。”读罢全诗，我们才知道被追赶的“被动”，其实是一种情到深处的“主动”，浓烈的思乡之情无计可逃，而最幸福的事就是让故乡追上来，也让丢了的灵魂追上来。

乡愁更是对亲情的无比眷恋。我以为，亲情诗正是何兄诗歌创作中最感人的部分。

那天我酒喝多了
在路上遇到一轮巨大的落日
我忍不住抱着落日哭了

当我踉踉跄跄地回到家
把落日交给母亲

母亲说这是一个大南瓜呀
我挠着头傻傻地笑了

醒过来才知道是一个梦
母亲已去世许多年
只是我喜欢望着落日发呆
把落日想成母亲的南瓜
想象母亲抱着大南瓜
缓缓地走在落日的光影里

——《落日》

你帮我摘下天上的星星
从此我在夜晚不再惊慌

你为我种下多钙的种子
让我挺直了做人的脊梁

你替我解缆漂泊的小舟
任我在尘世间乘风破浪

你给我写下的多少书信
化作我至暗时刻的力量

你倚靠的村口的那棵树
温暖了我的思念与眺望

而如今，你已垂垂老矣
老得像一个任性的孩子
我如何为你，托住落日苍茫

——《父亲》

故乡背后是亲人的身影，风物之上是父母的形象。血脉深处的呼唤，是乡愁最动人的乐章。然而，已经长眠于故乡山坡的母亲，正在不断衰老的父亲，使得乡愁充满了无助感，就像这两首诗中注定要西坠的“落日”。人寄居在城市，远离了大地之根，又将远离血脉之根，真个是情何以堪！就这样，诗人背负着乡愁的重压，写出了几代离乡背井的城市人心中永远的遗憾。

最后，何兄是一位独立诗人。在写诗这条“战线”上，何兄总是一个人在战斗。不凑热闹，不爱虚名，不拉帮结派，似乎也没有加入任何一个团体或协会。他抱团取暖的对象，是万千细小的事物和万千伟大的经典，而不是某个协会领导、某个著名诗友、某个你好我好的小圈子。

独立诗人的姿态，再加上“细小的捍卫者，万物的拾音者，古典的勾兑者，乡愁的负重者”这四种表情，构成了何兄作为诗人的五副面孔。噫，微斯人，吾谁与归？

在今年这个特别热的仲秋和接下来这个特别冷的深秋，我反复地翻看着何兄的诗集，其中一首《此刻》反复地引起我内心的共鸣：

在夏天的黄昏归家的人啊
你不要忘记远处的羊群
也不要忘记天上的彤云

此刻它们喜气洋洋，光彩夺目

此刻，蝉在高处反复吟唱
唱着永不变调的时光圣经
像一个古老的孩子
如此沧桑，又如此年轻

此刻，你何不放慢脚步
总结这过去的一天
也总结已经逝去的
你的小半生或者大半生

此刻，你可以半人半神
一半喧哗，另一半沉静

澄明中略带一丝忧郁，但窘迫的中年感很快又融化在田园牧歌般的意境里。这种既沧桑又年轻、既忧伤又祥和的风格，让我想起葡萄牙诗人费尔南多·佩索阿的许多作品。佩索阿是一位奇特的现代诗人，为自己取了多个异名，承载着他的多个诗歌身份——恰如何兄有多副诗歌面孔，每一副都那么引人入胜。

目　录

第一辑
我爱那些细小的事物

第二辑
把月光打包带走

第三辑
站在时光的分水岭

第四辑
被故乡追赶的人

第五辑
截句：思绪的闪电

我
爱
那些
细小的
事物

第一辑

我爱那些细小的事物

面对一朵吐蕊的小花
我会低下头来，深情地凝视

看到路边的狗尾巴草
我会俯身弯腰，微笑着致意

经过一群搬家的蚂蚁
我会停住脚步，等它们先行

雪地里飞来几只小鸟
我会在窗台边撒上一些粮食

天空掠过老鹰的身影
我会提醒草丛中嬉戏的兔子

我爱那些细小的事物
就像爱卑微的自己
就像爱，这低矮尘世的春风

2019.11.02

坐禅的花苞

每一朵花在含苞待放之前
总是在枝头坐禅
它们怀着巨大的秘密
始终缄口不言

请理解它们守口如瓶的姿态
或握紧小小的拳头
或举起玲珑的酒杯
却不曾泄露半点芬芳
哪怕一丝暧昧的气息

一朵花有一朵花的使命
一朵花有一朵花的心事
一阵一阵的风吹啊吹
一朵一朵的花开呀开
一切终将真相大白

2017.03.19

玉　兰

从黑暗深处到光明之境
一朵玉兰花的怒放
是回应春天的最好方式

站在高高枝头的眺望
胜过低处无数双眼睛的顾盼
春风看得见，从四面八方
浩浩荡荡而来，每一个
新生的事物都处在世界中央

如流云之白，如飞霞之红
饱满而舒展的花瓣
从每一棵树出发，将这人间
照亮，也将春光点燃
在绿水之湄，在悬崖边上
唱响大地的还魂之歌

2020.02.25

雨中油菜花

仿佛低空划过的闪电
雨中的油菜花照亮了村庄
幽暗的事物无处遁形
桃花与梨花格外清新
大地上缓缓走过的牛羊
身披金色的光芒，分明是
一尊尊移动的佛啊

站在山坡上远眺的人
暂时摆脱了轻度抑郁症
春风如潮，汹涌而至
他恍惚看见一只蝴蝶
翩翩飞入童年的菜花地
无处可寻，无影无踪

2021.03.09

海　棠

小时候，不识海棠
海棠只是邻家女孩的名字

后来在李清照的词中遇见海棠
知否，知否，应是绿肥红瘦
就想，这该是多么美的一种花

再后来，在春天的街道边
邂逅一树怒放的海棠红艳似火
照亮了雨中阴郁的小镇
也照亮了我黯淡未卜的前程

而如今双鬓染雪，海棠依旧
仿佛看见那个叫海棠的女孩
迎着春风在田野里奔跑
一直奔向燕子低飞
我那不识海棠花的童年

2021.03.16

从一朵桃花出发

从一朵桃花出发
有人回到了《诗经》
那里有他前世的情人
和今生的守望

从一朵桃花出发
有人来到了大林寺
佛啊，看他蹉跎半生
心绪茫茫，竟以晨钟暮鼓
许他豁然开朗

从一朵桃花出发
谁的春天四面八方
骑着那匹叫春风的快马
我该往何处流浪

2021.03.11

兰

多年未曾探访的佳人
住在山中云深处
春风总是带来她的消息
千里之外，暗香犹闻

纤纤瘦影，楚楚动人
唯有月光瞥见她的微笑
浅浅一笑，不倾国
也不倾城，星星却难眠

顾影不自怜
蜂蝶自远来
半个春天，为她销魂

2019.03.30

紫云英

仿佛看见赤足的孩子
沿着童年的河堤奔跑

一年一度的春风
从未失约，苏醒的田野
总是浮起绮丽的云霞
飞过似曾相识的燕子

紫云英，紫云英
多么好听的名字啊
为什么喊起来让人心疼
缓缓走来的老水牛
为什么眼里盛满了忧愁

河流在远处喧哗
祖先在地下叹息
为什么远离故土的浪子
总是一去不回头

2019.03.29

梨　花

大风吹过春天
梨花纷纷飘落

青草淹没道路
思念高过山坡

纵有千里明月
谁来陪你看雪

2019.04.09

樱　花

樱花且开且落
谁看到了春天的眼神
谁又瞥见了春天的伤口

人间四月，万物葳蕤
樱花像一道闪电
掠过大地，倏生倏灭

只有美与疼痛
在轮回里，亘古如斯

2019.04.08

大风吹动一树樱花

大风吹动一树樱花
花朵在枝头喊痛

这是席卷四月的倒春寒
春天一片狼藉
仿佛人间大病一场

但春天怎会半途倒下
雨过自然天晴
草木欣欣，蝴蝶也翩翩
远方的屋顶将在早晨
升起淡蓝色的炊烟

有人在风中笑着流泪
有人隔着篱笆墙
看到了初开的白蔷薇

2020.03.30

蔷 薇

春天就止步于此吧
这里有蔷薇相送

曾经的姹紫嫣红
已化作记忆的底色

一只蜜蜂依然恋着
最后的花朵
我羡慕它小小的幸福

就如这四月的暗香
被吹过田野的晚风
深情地卷走

2020.04.26

映山红

是谁把整座山都点燃
哦，这春天的虚火
如此明亮的荷尔蒙

我看到和尚下山
看到四月的布谷
飞过黎明，飞过黄昏
也飞过万丈红尘

雷声滚滚而来
是谁在江南的岸边
把倒影摇成一幅油画
是谁又突然想起
在闺中待嫁的姑娘

2019.04.15

石榴花

你紧握小小的拳头
要有多大的力量
才能守住内心的澎湃

主啊，不仅赐予你
美丽的容颜
还亲手给你戴上王冠

看，你笑得多么舒展
这无上的荣耀
属于真正的五月之花

2019.05.19

金银花

在五月你怎么会迷路
风轻轻穿过田野
将带你到芬芳的所在
金银花开了，以它
袅娜的美，勾魂摄魄

此刻，你要心无杂念
金色或银色的梦境
终将属于你，属于
蝴蝶和飞舞的野蜂
也属于在山坡上
长眠的先人们

时光不语，天高地迥
你可以眺望，可以遥想
可以沉浸在往事中
遍地匍匐的金银花
已为你铺好温暖的底色

2020.05.24

栀子花

它的白，它的香
如此新鲜而又古老

它让我想起乡村
想起少女，也想起母亲
让我想起从原野上
拂来的清风，想起
我从未曾实现过的梦

对于这个尘世的印象
我在栀子花朵间
看到了斑驳的倒影
却语拙词穷

2020.05.29

睡 莲

日出时睁开眼睛
天地清新
日落时合上眼帘
尘世混沌

在黑暗中打坐
内心升起的火焰
足够照亮自己

日复一日的轮回
是生存之道
也是无邪之美

2020.05.20

荷　花

一只青蛙入定
比不过一朵荷花坐禅
从水中升起的火焰
八风吹不动啊

如果此刻响起梵婀玲
你一定会相信
天使已经降临人间
就在这洒满月光的池上
亭亭玉立，顾盼生辉

仿佛来自尘外的暗香
唤醒了心中菩提

2020.06.21

桂花香了一整天

风从我的门前吹过
桂花香了一整天

木心先生的那只云雀
也在泛黄的诗集里
叫了一整天

2018.10.06

桂　花

恍惚春风又回头
似乎秋风在问路
桂花开了二度，这致命的
暗香啊，让深秋的阳光
久久地停留

半座城醉了
一座村庄醉了
摇摇晃晃的风醉了
追赶云朵的月亮醉了

披着月色回家的人
醉了，在抱着一树桂花
痛哭

2019.10.21

牵牛花

你张开小小的喇叭
我举起虚拟的酒杯
在十月的早晨
我们彼此问候和打量

北风还蛰伏在草原
大雁已飞过山岗
我爱你幽蓝的清纯
你笑我尘世的沧桑

你在黄昏踏上归途
我在梦里奔向远方

2019.10.23

乌　桕

稻谷已经归仓
风穿过田野
一树挺立的乌桕
独自擎起
这深秋的火把

多么热烈的火把啊
它照亮了村庄
照亮了炊烟和河流
也照亮了
母亲在故乡山坡上
沉默的眺望

照亮了我隔世的
思念与忧伤

2020.11.01

柿　子

从涩到甜，由青到红
柿子在秋天经历的事情
像一个巨大的传奇

当黄叶纷飞
所有的果实都抱紧枝头
晚风，再轻一点吧
鸟儿还没填饱肚子
松鼠要多留些食物过冬

离开故乡太久的人
要在梦中寻找
高高悬挂的红灯笼

2019.10.31

山茶花

在十二月最初的早晨
在雪中，看见山茶花怒绽
湿漉漉的花瓣，湿漉漉的火焰
比三月的桃花还要红
比天边的晚霞还要美

看见路过的人行色匆匆
看见从竹林里惊飞的小鸟
看见北风一路追赶着雪

看见，这来自异乡的花朵
多像邻家的妹妹穿着红棉袄
走在寂静的山道上，独自
唱响一首古老的情歌，从冬
一直唱到春，从霜天的雁阵
唱到斜风细雨中的燕子

红红的山茶花
且开且落，雪纷纷

2019.12.01

早春的鸟啼

早春的鸟啼，先于
花朵返回枝头，先于
日出抵达清晨

先于从梦中撤退的人
扑进氤氲的山水画
先于千山之外的村庄
在炊烟里活泛起来

先于陶渊明
来到柳树下饮酒
先于孟浩然
把一首绝句写好

这湿漉漉的鸟啼啊
先于车水马龙
先于人声鼎沸
叫醒一座现代城池

2021.02.09

风中的鸟啼

五月的风，吹动鸟啼
像花枝一样摇曳

忽近又忽远
忽徐又忽疾

在每一个清晨或黄昏
总有天籁洗耳
总有一闪而过的
风的影子
与仿佛来自尘外
的和声

2021.05.16

听　蛙

一群青蛙叫破了夜晚
一只青蛙喊醒了黎明

世上的喧喧嚷嚷
掩盖不了青蛙的欢唱

稻花香里说丰年
听取蛙声一片
是谁在人间的角落
为它们喝彩鼓掌

2020.05.15

布　谷

布谷飞过故乡的田野
把最古老的歌谣
撒在山山水水之间

那是神的谕告
黄豆发棵，割麦插禾
万物听命于它
人类也不能例外

我仿佛看见
自己的童年在奔跑
看见爷爷扛着锄头
消失在田垄间
看见身怀六甲的女子
摘走了红樱桃

2020.05.20

几只斑鸠在叫

在雨中，几只斑鸠在叫
忽近又忽远
让我恍惚回到了山中
恍惚回到了田野
枇杷熟了，麦子也快黄了
屋顶上的炊烟更袅娜了

在长满狗尾巴草的路边
我遇到了童年的我
那个腼腆朴实的男孩
竟和我擦肩而过
忙着去追赶他的小伙伴

斑鸠在我的头顶叫啊叫
穿过车水马龙的喧嚣
我忽然就大隐隐于市
忽然想起卖花的乡下姑娘
哦，栀子花又开了

2021.05.20

鹭之舞

镜中的美人正从镜中消失

在洛神起舞的水边
我们追逐的影子
让人陶醉，又让人绝望

从五月的山水画中
流淌出来的飞白
如李清照笔下的《如梦令》
也如月光下的
小提琴

2021.05.24

白　鹭

水田间，一只白鹭
多么白的白鹭
比春风还白
可惜春风走远了

比流水还白
但流水被夕阳染红
比月亮还白
但月亮还没升起

一只孤单的白鹭
要带着洁白的影子
往哪里飞呀

2019.06.10

蟋蟀唱歌

今夜，只有月亮这盏灯
在照着蟋蟀唱歌

今夜的蟋蟀啊
只为爱情而低吟浅唱

今夜，只有风经过原野
才会唤醒沉睡的稻谷
惊起远方的马蹄

今夜，只有蟋蟀唱歌
才配得上八月的
风流与浪漫

2018.08.25

山 鹰

山中有鹰
增加了山的高度
也增加了山的空寂

鹰所栖居的悬崖
需要我们翘首
鹰所翱翔的天空
需要我们仰望

如果一只鹰突然俯冲
必定有事情发生
越是接近人间烟火
越是让人感到不安

如果看到鹰的影子
掠过河流，你不要惊慌
因为神将在那里
翩然现身

2020.01.18

喜 鹊

一只喜鹊站在高高的树梢
在等另一只喜鹊飞回
北风，摇着它空荡荡的巢

冬季很长，天气很冷
唯有等待才不虚度光阴

天色已晚，另一只的影子
还没出现，这一只终于
忍不住一声紧似一声地叫

暮云之下忽然传来回应
光秃秃的树枝一阵痉挛
开始在黑暗中泛青，发芽
安心做春暖花开的梦

2021.01.27

鸟 巢

叶子已落尽，一棵树
瘦得只剩下筋骨
兀自在寒风中挺立

哪怕有暴雪
哪怕有零下十度的冰

瓦蓝的天空下
卧在树巅的鹊巢
是点燃目光的一团火
多像人间一个小小的家

2021.01.03

把

月光

打包

带走

第二辑

清晨的阳光

每一天迎着清晨的阳光
不仅仅是沐浴，是洗礼
不仅仅是身体，是灵魂
也是世界观，是梦想
在一瞬间变得干净和透明

这世界上有太多的
谎言、谬论和虚伪的说教
有太多骗人的假象
有太多画饼充饥的向往
唯有清晨如水的阳光
有如世界诞生之初
让你醍醐落顶，让你
洗心革面
回到最初的自己

你听见了什么
身边的鸟啼如此清新

你看见了什么
头顶的天空如此清澈
你又梦见了什么
哦，这亿万年的银杏
在岁月的回响中
如此地沧桑和单纯

你走进这清晨的阳光中
心无杂念，豁然开朗
不要佛的拈花一笑
也不要上帝的启示
你只是对世界还原自己
就如云在青天水在瓶
就如王阳明所看到的
那朵明亮的花

2018.11.26

午　后

午后的寂静
像风一样无处不在
鸟啼又让它不断地加深

在阳台上打盹的猫
越来越容忍了
一只蝴蝶的挑逗与冒犯

从梦中醒来的我
仿佛空山下了一场新雨

2021.05.18

暴风雨

突如其来的一场暴风雨
让我顿时找不到方向
在这短暂的与世隔绝中
我想象自己是一匹野马
在天地间引颈长嘶，四处游荡

一道道帘子倾泻而下
帘外，市声喧嚷
帘内，心事浩茫
我看到了上帝的诺亚方舟
乘风破浪
沿时光之河逆流而上

我看到了乌云散尽，雨过天晴
一刹那的恍惚与觉悟
胜过几千年
晨钟暮鼓的悠长回响

后记：下午外出，遭遇一场暴风雨，搞得我狼狈不堪，现在回想起来，又觉得别有一番意趣。故以小诗记之。

2018.07.01

此　刻

在夏天的黄昏归家的人啊
你不要忘记远处的羊群
也不要忘记天上的彤云
此刻它们喜气洋洋，光彩夺目

此刻，蝉在高处反复吟唱
唱着永不变调的时光圣经
像一个古老的孩子
如此沧桑，又如此年轻

此刻，你何不放慢脚步
总结这过去的一天
也总结已经逝去的
你的小半生或者大半生

此刻，你可以半人半神
一半喧哗，另一半沉静

2018.06.27

蓝　云

天空啊，赐给我更多的蓝吧
暴雨过后，远处的落日就要转身
我是从乌云中叛逃的灰姑娘
多想变得美一些，更美一些
美如从蓝色多瑙河刚出浴的仙子

赐我更多的蓝吧，夜幕快要降临
我多么渴望自己的刹那芳华
宁静，广阔，像西洋的纯粹油画
空灵，荡漾，像中国的淋漓水墨
像一个从神话里诞生的梦境
唤醒在尘世匆忙奔走的人们
让他们抬起头来，沉思或者祈祷

天空啊，赐给我更多的蓝吧
鸟儿正从我的领地飞过
在它们消逝于我的视线之前
我要倾听从恒河畔传来的
泰戈尔《飞鸟集》的悠长回声
我要越过城市的高楼大厦
悄然隐身于一池盛开的雨中莲

2016.06.28

日落春山

落日像一个婴儿
被远山揽入怀中
天空荡漾起母爱的红润

因为这是春天
请原谅我蹩脚的比喻

鸟儿喧哗，花朵沉默
晚风轻轻拂过我的脸庞
我突然想起许多年前
母亲紧紧抱着我
就像抱着她小小的太阳

2020.03.18

夏日黄昏

落日为何如此辉煌
远山沉默，河流喧哗
云朵生出金色翅膀

看不清飞鸟离去的方向
听不见牧童归家的欢唱

信神的人说神在此刻降临
不信神的人说
晚风总勾起形而上的惆怅

小荷尖尖，隔岸闻香
即将冲破黑暗的新蝉
要惊醒多少清凉的月光

2018.06.13

黄昏之城

被暴雨清洗的亭台
从湖中兀然升起
宛若梦中的莲花初绽

六月未到，蝉声未响
而禅意已有七八分
如果你愿意等，等天空
等云朵，等光影，等
刹那化作永恒

等微风吹拂，等黄昏
大提琴一般悠然降临
等这座城恍若仙境
等佳人来赴你的约
翩若惊鸿，袅袅婷婷

2019.05.28

鸟群让黄昏不断加深

那么多的鸟飞过天空
天空黑压压一片
透过云层的光芒更加收敛

鸟群忽然落在树上
树上开满紫色的花朵
吵吵闹闹的花朵
吵不醒一棵树冬眠的心

鸟群又呼啦啦飞走
树一下子弹开了枝条
春天的梦似乎触手可及
小桥，流水，人家
还有鸟啼和孩子的欢笑

鸟群飞进了竹林
喧哗越来越远
黄昏在不断加深
一场大雪正从北方扑来
仿佛隐隐的雷声

2020.01.06

紫蓬山的暮色

西庐寺的塔边还悬着落日
倦鸟归巢，林间响起短暂的喧哗
半山腰的游人纷纷散去

紫蓬山忽然变得无比空旷
仙人湖边的芦苇，此刻才
注意到自己的倒影，在晚风中
一副蒹葭苍苍的模样

小和尚站在老树下远眺
二十里之外的城市万家灯火
他来不及念声阿弥陀佛
就被四面八方的暮色吞没

倚岩而立的三世佛耸了耸肩
在暗处忍不住笑出了声

注：西庐寺、仙人湖和三世佛皆为紫蓬山主要景点。

2019.12.02

日　暮

又是蝉声满耳，夕阳
丢下的火把，点亮了湖心

鸟要往深山中飞去
披着晚霞下山的人
要给远方寄一封长长的信

在每一个日暮时分
总有风从林间缓缓吹过
总有意味深长的叹息
随风而来，又随风而逝

2019.07.30

向晚的云朵

云朵堵塞了远处的街道
云朵从天空放下了鱼钩

在薄暮中匆匆撤退的人啊
你要往云朵的深处跑
云朵的背后是万家灯火

抬头仰望天空的人啊
你不要忘情地张开嘴巴
如果被一朵云给钓走
你得在梦境中找回自己

2018.06.14

晚　霞

天空辽阔，落日自有它的归宿
这边黄昏，那边黎明
流浪的云朵一路皆有艳遇

霞，它配得上这么好听的芳名
荷风送香，夏正清凉
如果此刻有一段小提琴
穿过五百里，从江北到江南
把你从尘世的梦中惊醒
如果此刻有一吴越的女子
不倾国也不倾城，却也亭亭

你怎么能辜负
那一双曾经如此渴望美的眼睛

2018.06.19

雪山夕照

最后一缕阳光
把雪山烧红了烧痛了
多么冷的一种痛啊
在远离尘世的最高处
无声地蔓延

奔着雪山而来的人
站成了一尊雕塑
除了眺望还是眺望
群山的阴影笼罩着他
但他的内心明亮
明亮如雪峰上的夕照

此刻，他相信上帝
相信神迹，相信
照破山河万朵的禅偈

他也相信自己的牛羊
群鸟飞过，他相信
自己的命运和归宿

2019.07.05

春　夜

花朵仍然睁着眼睛
它们不敢睡去
好日子已经屈指可数

月亮钻出云层
春风拂过河流
暗香翻过墙头
有人在梦中偷偷发笑

谁家的猫在屋顶叫春
多么刺耳
又多么撩人

2019.04.04

上弦月

走在落叶纷飞的林荫道上
我遇见清冷的上弦月

也遇见了陶渊明的菊花
似乎从东篱那边
影影绰绰地
传来了久违的芬芳

2018.10.18

把月光打包带走

有多少清凉的月光
曾被我白白浪费

今夜，我要就着这一壶酒
与你对饮，不醉不归
不要说山长水阔
不要说前世今生
也不要说李白和苏东坡

你看，月亮都瘦成这样了
你怎么还不转过身来
趁着风不注意
帮我把月光打包带走

2019.05.23

今夜月色

天空多么干净，明月高悬
穿行在人潮汹涌的大街
我被月光笼罩，恍若与世隔绝

耳边似乎传来远村的狗吠
微风过处，萤火虫闪闪烁烁
今夜月色如水，荷塘清凉
我仿佛一梦千年
与李白聊得正欢，山长水阔
苏东坡在思念远方的兄弟
你又在月光下思念着谁啊

今夜的月亮，多么圆多么白
今夜的月色，让我不醉不归

2019.06.15

我羞于仰望月亮

偌大的天空
孤悬一轮明月
它俯瞰的这座城市
灯火辉煌

它皎洁的光芒
似乎无处安放
此刻仿佛有万里河山
穿过唐风宋雨
铺陈在我的窗前

我不敢辜负月色
却又羞于仰望

2020.11.30

昨夜的月光

昨夜的月亮姗姗来迟
高高地照着我的梦境

在梦里，有微凉的晚风
有栀子花遍地芬芳的洁白
也有古往今来的诗人
坐在月光殿堂里低吟浅唱

昨夜的月光笼罩今天的我
身处闹市却如在旷野
仿佛回到千里之外的
幽州台，独立苍茫
前不见古人，后不见来者

又想起在多白云的山中
我一直倾听的岁月
珍藏了多少美好的天籁
悠然瞥见一叶扁舟
从遥远的下游，逆流而来

2020.06.08

今　夜

今夜，远离洪水和涛声
我坐在八月的岸边遥想

今夜，微风轻拂
吹动了草间蟋蟀的吟唱

今夜，这久违的晴朗
还我一轮明月
照亮万里山川和半亩荷塘

今夜，我在月光下数星星
数流萤，数万家灯火
也数童年的小脚印

今夜，我在月光下迷失
又在月光下重生
在梦中漂泊又在梦中皈依

2020.08.05

夜的声音

半夜忽然醒来
听夜的声音
安静得不能再安静

半个月亮悬在天空
凛冽的寒气
纷纷坠落成一地银霜
其实万籁哪会俱寂
譬如一只鸟
偶尔会在梦中失言
迟归的大雁
依然在扇动南飞的翅膀
倏忽来去的夜车
隐隐约约，像古时候
绝尘而去的嘚嘚马蹄
更不必说山中流泉
在月光下总是淙淙有声

人到中年
惯于在半夜醒来

习惯了夜长梦多
习惯了在黑暗中睁大眼睛
听那夜的声音
像一阵阵的更鼓
敲打布满年轮的内心

2018.12.16

春风有信

春风迤逦，由千里而百里
而十里，一路梅花相伴

担心和害怕总是有的
但阳光一天天变得暖和起来
鸟啼也格外清脆婉转
倚窗远眺，你会发现
今年的春风和去年一样多

春风有信，请静候佳音
亲爱的，请放下恐惧
舒展身子，等到三月来了
我陪你一起奔跑

2020.02.12

拯救春天

一树半开的梅花
究竟离春天有多远

从电闪雷鸣到风雪交加
有多少蜜蜂找不到归途
有多少生灵在暗夜里哭泣

我担心春天突然沦陷
担心梅花再也开不下去
担心鸟啼唤不醒山河
担心春风度不过玉门关

和春天一墙相隔的人们
请举起你深情的眺望
给燕子指一条回家的路
给大地一句铿锵的誓言
给天空一声响亮的承诺

拯救春天，人人有责
请给你钟爱的玉兰和桃花
一个值得盛开的理由

2020.02.17

春天的哨子

一路奔跑的风啊
一路发放春天的哨子

一路纷纷打开的花朵
就是春天玲珑的哨子
你听，梅花吹响了哨子
玉兰花吹响了哨子
桃花梨花也吹响了哨子

春天的哨子如此嘹亮
如此欢快而自由
哨音回荡的春天
如此温暖而又美好

春天的哨子唤醒万物
也唤醒了人间
春天的哨子属于春天
谁也不能没收

2020.03.12

风

都四月了，风还这么野
像一匹撒欢的小马驹
一路横冲直撞
樱花尖叫着落满一地

河边走过一群小女孩
风掀起了她们的红裙子
那在水中摇曳的倒影
让我想起故乡的紫云英

转过身来，我看到
映山红一朵一朵地开了
仿佛拽着风的尾巴
爬上了梦中的
山坡

2020.04.11

风吹麦香

风吹麦香，遍地金黄
五月低过故乡的屋檐
一匹梦中的马在黄昏抵达

雷声远在天边
江河尚未泛滥
青草池塘，莲花举起火焰

风吹麦香，日子丰满
燕子不再衔泥
孕妇端坐门前
谁将在夜色中展开信笺
一行一行地写满缠绵

直到蝉声满耳
瓜熟蒂落，云霞满天

2019.05.30

在深秋去听寒山寺的钟声

在深秋季节
该去听听寒山寺的钟声

守着江枫渔火
请不要在夜半惊扰
落魄的张继
和
他那首惆怅了上千年的
绝句

2018.10.12

风也吹不醒的沉醉

行走在桂花的芬芳里
仿佛世上只剩下一轮明月

我耳边的蟋蟀
是我的夜夜笙歌
我想念的山河
是我的前世今生

风也吹不醒的沉醉啊
留不住
从《诗经》中走出的美人

2021.10.18

如　刀

深冬的阳光，凛冽如刀
迎着北风的一面
总是斩断眺望的视线
把春天阻挡在岸的那边

远处的高楼，耸立如刀
冷漠地刺破青天
曾经熟悉的人们
老死不相往来，似乎
彼此已遗忘了许多年

罩中的灯火，熠熠如刀
将记忆生生割痛
火一样的青春在梦中燃烧
以茶代酒，人到中年
不得不任岁月的那把钝刀
在额头和心头
刻下凶猛如虎的皱纹

2019.01.18

寒风吹彻

雪还未落下
寒风已经吹彻

树，只剩下一身筋骨
在旷野中挺立
像传说中的英雄
目光坚毅，两手空空
鸟欲往夜的深处飞去
却眷恋稻草人
曾经撒落的一地谷子

寒风已经吹彻
山河匍匐
必须要一支火把
来燃烧冰冷的眺望
必须要一场大雪
来洗净尘世的雾霾

2018.12.06

初　雪

昨夜有北风吹过
从草原出发
十万匹白马变成了落雪
南方的林间
梅花鹿纷纷下山
乡下的屋檐
撒满了清脆的鸟啼

二〇二〇年的初雪
多么晶莹，又多么纯洁
就像多年前的初恋
穿红衣服的女孩
款款踏雪而来，目光里
盛满春水，倒映着
山河的妩媚与清澈

十万匹白马又恢复了
原形，在草原上一路奔腾
仿佛听到春天的跫音

2020.01.09

雪落深山

昨夜的雪，落在深山
看雪的人，还留在深山

没有上山下山的脚印
鸟还是那些鸟
在屋檐下偶尔啼叫几声
狗还是那只狗
总望着对面的古寺发呆

炉火在燃着，茶在煮着
一本摊开的旧诗集
还是原来的那几行
窗外的雪啊
还是那样纷纷地下着
闪着寒冷的微光

2019.12.21

响　晴

这是零下四度的响晴
天空万里无云
我看到一树迟开的桂花
在凛冽的风中凋落
我深深惋惜
却又无能为力

这是岁末的响晴
似乎有一记清脆的耳光
劈开了日子的混沌
我看到自己一路走来
步履匆匆，却
一事无成

这是久违的响晴
雨水远遁，万物闪耀
晨钟暮鼓响彻大地
我看到一只鸽子
飞过钢筋水泥的丛林
落在远方的故乡
低矮的屋檐

2019.12.28

在山中

在山中，我喜欢站在高处
眺望尘世的低，与远
鹰从我头顶飞过
云朵的阴影落在我脚下
宛若莲花初绽
风，从四面八方吹来
吹动了我的衣襟和灵魂

在山中，我亲近草木多于
人群，我倾听天籁多于人声
松鼠是我的近邻，萤火虫
为我照亮回家的路，月光
安顿我的梦境，鸟儿唤醒了
黎明，落日带走了黄昏

在山中，如果有一场大雪
我就会轻掩柴门
一坐就是一个下午
一睡就是一个冬天，一梦
就是千年

2019.12.26

岁末之野

山茶花开得冰清玉洁
在人迹罕至之地

远山的积雪越来越深
风从原野上吹过
云朵奔走，河流安静
只有雄鹰爱在空中盘旋
让荒凉尽收眼底

一座水边的旧房子
早已安于现状
春天，仅仅一墙之隔

2020.01.11

站在
时光的
分水岭

第三辑

站在时光的分水岭

那边落日，这边黎明
我关上一扇门
又推开一扇窗
左手雪花，右手梅花

我站在时光的分水岭
一边回头一边眺望
羚羊下坡，豹子爬坡
我想自己是一匹马
在寻找梦中的大草原

风吹散满天云朵
雨洗净一地尘埃
我走向旷野里的一棵树
风景依然这边独好

2020.01.01

光阴辞

经过一树梅花
恰好看到一群鸟飞过

我不敢踩脚下的枯草
怕它们会喊痛

天空如此蔚蓝
让人想起故乡的炊烟

是谁驾着春天的马车
迎着时光的大道
轰隆隆地驶来

2017.1.25

眺望春天

等到雪里的梅花
开成一片绯红的云
等到解冻的河流
弹起了欢快的竖琴
等到一群喜鹊
在枝头吵吵闹闹
等到邻家女孩
脱掉厚厚的棉袄
你就可以踮起脚尖
抬起头来眺望
从古中国的山水之间
奔涌而至的春天
从《诗经》和唐诗宋词里
款款而来的春天
从北风的大呼小叫中
脱胎换骨的春天

让你永远看不够
苏小小一样妩媚的春天

让你思乡情更怯
千里莺啼绿映红的春天
让你聊发少年狂
忙趁东风放纸鸢的春天

让你且将新火试新茶
诗酒趁年华的春天

2017.01.25

多雨的二月

从一场雨到另一场雨
只隔着半扇木门
云朵还没来得及逃离
又纷纷聚拢
二月，湿漉漉如出水的莲
又如烙在心头
隐隐作痛的旧伤口

二月二月，多雨的二月
慵懒的二月，忧郁的二月
梅花开梅花落的二月
缠缠绵绵的二月，思念长草
的二月，跌进夜色
忽然忆起苏小小的二月

二月二月，画地为牢
的二月，以梦为马的二月

扁舟一叶的二月
杏花烟雨江南的二月
在风中奔走
虚度光阴的二月
等候阳光和燕子的二月

2019.02.28

早　春

梅花已经探过院墙
墙根的草还枯着
慵懒的小南风
到了这里就开始小憩

一位年轻的母亲
轻轻推开窗户
窗外有画眉鸟在叫
她微笑着
舍不得叫醒
她睡梦中的孩子

2021.02.16

春风帖

沿着一树梅花的幽香
能否找到春风来时的小径

正午的阳光下，一只野蜂
在花丛间忘情地飞舞
又在黄昏的大雪中迷路
春风悄然穿过的垛口
有谁在瞭望，又有谁在抵抗

有谁对天空吹起了口哨
有谁在大地弹起了竖琴
有谁在窗边守着去年的燕子
又有谁把门打开了一道缝
让春风侧着身子溜进来

醒来的河流日夜喧哗
春风竞渡，青山欲燃
半夜鲤鱼来上滩
桃花岛的少年写好了情书

2020.03.03

四　月

想山中的春雪已经消融
山寺的桃花就要盛开
映山红燃起的大火
也烧到了山脚下
烧红了半边天
年迈的和尚
双手合十
说人间
真美

燕子
一对对
飞过田野
飞入紫云英
忽然就不见了
一群青蛙喊起来
放牛的孩子奔跑着
母亲唤他回家的声音
让四月的黄昏越来越深

2020.04.01

谷　雨

春天日渐丰满
种子挣破泥土

布谷鸟飞过田野
飞过故乡的屋檐
反反复复只唱一句歌
阿公阿婆——
割麦插禾——

有人在看泡桐花落
有人扛起了锄头
有人在等一场雨
有人牵着自己的牛

万物生长，四月葳蕤
有人夜长梦多

2019.04.02

清明帖

清明时节，杏花村的雨
落在故乡的山坡
也落在黄鹤楼的江上

这个春天，人间大恙
有太多的悲伤与泪水
像雨水一样倾泻
在黎明前走失的人们
再也不会回来，在黑暗中
的挣扎充满绝望
世界突然变得如此空旷

春风吹落了桃花
又吹落了梨花
樱花兀自在山岗绽放
有人长歌当哭
有人默默垂首

这是庚子年的春天啊
离我们这么近，又这么远

我们诅咒，我们赞美
我们怀念，我们祈祷
我们在阳光下舔舐伤口
负重前行

2020.04.05

五　月

五月高过春天，万物葳蕤
麦子泛黄，青蛙打鼓
风从原野上吹过
拂来忍冬花久违的清香

野蜂飞舞，黄鹂唱歌
青草爱上道路，夕阳爱上群山
怀春的人爱上樱桃和枇杷
寂寞的人爱上夜晚，爱上月亮
爱上无法抗拒的荷尔蒙
也爱上啤酒和迷离的醉眼

而我，摊开一本旧诗集
爱上字里行间跳荡的火焰
爱上蔚蓝的湖水和天空

爱上梦中幽远的往事
恍如五月黎明醒来的清新

2019.05.20

小　满

喝完这壶米酒
我就要忙碌起来了

晴天时我穿草鞋
雨天时我戴斗笠
我要走进我的秧田
我的麦地

北坡上的枇杷熟了
请多留一点
给身怀六甲的妇人
再留一些
给唱歌好听的乌鸫

山岗上有小南风拂过
你不要志得意满
也不必感到莫名惆怅
一切才刚刚开始
就像这时令，叫小满

2021.05.21

五月的背影

池塘里的睡莲
暗暗打开隔世的花朵
怀揣红樱桃的少女
盗走了谁的秘密
风又在谁的唇间窃笑

五月，渐行渐远
一行白鹭终不见
有人无可救药地爱上
这衣裙轻薄的夏天

2019.05.31

六月的早晨

近处的鸟在叫，远处的阳光也在喊
几只青蛙惊醒了半亩荷塘
还不见蜻蜓立上头呢，风吹过
荷叶舒展，未打开的花朵依然酣睡

早起的人们对着辽阔的天空出神
深山古寺的晨钟突然响了
一座山开始热闹起来
却又仿佛空无一人，只有六月
在晨光中屹立，俯瞰山河和人间

2019.06.01

夏至之后

落日迟迟未坠
羚羊翻过山岗

夏至已至，南风渐老
上坡的人开始下坡
山谷宁静，尘世喧嚣
萤火虫举起小灯笼
是谁在满天星光之下
偷窥日月之手
把光阴一点点掐短

2019.06.25

蝉　声

从高处落下的蝉声
像一句古谚
回响在七月的黄昏

夏天已至半途
草木葳蕤，天地辽阔
刀锋闪着寒光
老鹰想飞得更远更高
却又往低处盘旋

风，自天边席卷而来
卷走蝉声，浸透苍凉
也卷走晚霞和流水
卷走行者背负的光阴

2019.07.14

立　秋

让风吹走七月的草帽
让雨浇灭太阳的火把
让蝉飞到更高的树梢
让蟋蟀藏在更深的草丛

让我们抬头迎接果实的低头
让我们转身避开群山的阴影
让我们匍匐倾听河流的喧哗

让我们继续劳作
等待上苍最公平的奖赏
让我们坚守沉默
随大地展开辽阔的虚空

2017.08.07

处 暑

在烈日下暴走的人
终将感激黄昏时风的清凉

不要怕蝉声太吵
不要嫌云朵太野
不要抱怨草木摇摇晃晃

对一个中年人
不要嘲笑他满脸的沧桑

2017.08.23

九　月

每一个晴朗的好日子
都是给大地的献礼

九月天高云淡，炊烟袅袅
挂在墙上的镰刀
要去亲吻金色的稻浪
藏在屋檐下的燕子
开始准备惬意的远行

九月，野柿子举起了红灯笼
九月，河流洗净了星辰
九月，在喧哗中沉默
九月，在告别中重生

九月，等风来，等枫叶红遍
等山长水阔，等一次次
的眺望，高过低矮的人间

2019.09.30

眺望秋天

在辽阔的秋天举目四望
我看到古老的云朵一闪而逝
看到孟浩然在追赶陶渊明
看到河流回到最初的模样
看到硕果累累，看到
俯向大地的身影，遍野金黄

看到北风吹过草原
看到豹子逃进深山
看到燕子飞向更远的南方
看到和尚打坐
看到夕阳下的幽州台
却不见了陈子昂

2019.09.27

白　露

不再赤脚过河
不再坐在冰凉的石头上

等风多起来的时候
不妨站成岸边的一棵芦苇
看渡口的人来人往
让风吹乱自己花白的头发
也带走昔日的妄想

蒹葭苍苍，白露为霜
这样的诗只需要记住一行
何必仰天长叹黯然神伤

抬头是雁阵
飞过北方又飞向南方
低头有虫鸣
唱罢他乡又唱起故乡

2017.09.07

秋风帖

似乎谁都看见了秋风
似乎谁都想躲避秋风

林间的喧哗，高过空山的寂静
一朵朵白云来去自由
因为乘着风的翅膀，云雀也
斜着身子往远方飞去
在风中，芦苇低得不能再低
在风中，流水轻轻卷走了石头

在风中，蟋蟀回到了夜晚
在风中，野马回到了草原
在风中，桂花回到了枝头
在风中，我努力站成一棵大树
任内心的落叶纷飞

2019.09.28

桂花谣

几乎在一夜之间
桂花开遍了大街小巷

它们的芬芳藏着月色
沾满晨露，它们的芬芳
浸透蟋蟀起伏的长歌
它们的芬芳，被风流传
在八月的天地间荡漾

这是人间最好的日子
万物成熟，谷穗低垂
辛劳了大半年的人们
终于可以歇一歇
饮一壶阳光酿成的
甘甜的美酒，终于可以
收拾心情，等一封
桂花快递的时光之书
如此温暖，又如此苍凉

2020.09.28

十　月

十月，我最喜欢的名词
辽阔而遥远，温暖又敞亮
有母性的丰饶，也有父性的伟岸
有酒一样浓烈的阳光
日复一日地流淌，让我陶醉
也让我豪情万丈

沉睡的万物纷纷从梦中醒来
黎明的鸽子已款款起飞
穿过九万里的晨曦，照破
山河万朵，有多少深情的眺望
在追赶云中金色的翅膀
又有多少悠长的呼唤
激起了大地上的朗朗回响

西山的枫叶红了，北坡的柿子红了
草原上的格桑花红了，东海跃出
的旭日红了，大街小巷飘扬的
旗帜红了，人们的脸庞红了
这个母亲的国度也红了

十月，我背起你沉甸甸的梦想
阔步走向丰收在望的田野
然后迎着风，像孩子一样奔跑
像牛羊一样奔跑，像蚂蚁一样奔跑
像云朵一样奔跑，像群山一样
奔跑，像阿甘一样奔跑

2019.10.01

秋天的告别

蟋蟀何时停止了歌唱
只有云中的月亮知道

老家屋檐下的那对燕子
在某个早晨悄然离去
竟然来不及打一声招呼

深秋的南山层林尽染
有多少燃烧的叶子
在风中呐喊，颤抖，纷飞

我仿佛看见一只豹子
疲惫地翻过黄昏的山岗
从此一去不回头

此刻，内心涌起的苍茫
高过大雁的翅膀

2020.10.28

深　秋

阳光的敲打
越来越多金石之声

你该去山里走一走
站在山坡上，看万山红遍
层林尽染，从山寺
隐隐传来的晨钟暮鼓
是意外的收获
也是意味深长的提醒

当羊群翻过山岗
晚风扑面而来
你不要对着松涛呐喊
你下山的脚步
不要惊动归巢的倦鸟
不要漫不经心

直到一缕炊烟把你缠住
让你停留，痛饮

2018.11.02

深秋的乌桕树

大道至简
我留恋的秋天
只剩下一棵乌桕树

火红的乌桕
是天地间
唯一夺目的风景

众鸟高飞去
山河撤退
北风将至
我和我的乌桕
相望两不厌

等大雪来
也等春风吹

2020.11.26

十一月

挺立在北风中的树
是瘦的
山是瘦的
水也是瘦的

南飞的雁是瘦的
异乡的月亮是瘦的
为生存而奔波的人们
也大都是瘦的

而这个世界
却如此不合时宜地
浮肿和虚胖

2018.11.01

立　冬

把柴门敞开
迎接晨风拂来的凛冽
把狗撵到山后
让它逮一只野兔待客
把柿子树再摇一摇
看有多少灯笼没熄灭

白云深处红叶就要落尽
远道而来的诗人啊
你将在何处停歇
山寒水瘦让人清心寡欲
也让人双鬓如霜
忘记一切

想烫一壶好酒
却还缺一场大雪
想下一盘好棋
却找不到人对决
想睡一个好觉
却怕辜负了月色

2017.11.17

小　雪

今日小雪，天气晴朗
南方的冬天还暖着
我打开想象的柴门
等待一场小雪，轻轻飘落
像三月的梨花雨
又像秋风中飞起的芦花

这样的小雪，最好是
黄昏时落在山中
最好是我远道而来的友人
峰回路转忽见
若有若无的雪花
打湿了他的眼睛和头发
他似乎是从唐朝
骑着一头毛驴缓缓走来

于是，我生起了炉火
也温好了老酒

2019.11.22

冬 日

即使阳光更暖一些
也吵不醒一只松鼠的冬眠
北风吹过山岗
山下升起炊烟
河流放低身子
石头露出水面

老鹰突然从高处飞出
往更高的蔚蓝深处盘旋

有人站在远方和树一样瘦
有人回到梦里等大雪纷飞

2016.12.07

冬　至

白昼被掐得不能再短
黑夜已经在退让
这恰到好处的峰回路转

如果有北风来敲门
大可不必惊慌
冰刀的寒光里
藏着太阳与花朵的影子

一场大雪终将洗尽尘埃
群山会像野马一样奔腾
听，隐隐有雷声
正越过长江和黄河
春天，自天边席卷而来

2020.12.21

被故乡追赶的人

第四辑

故乡的炊烟

袅袅炊烟
攀到蔚蓝的深处
高高举起亲人的眺望

多绵长的眺望啊
从年头迤逦到年尾
浪迹天涯的游子
像云朵一样漂泊
你何时能踏上归途

南风携着炊烟
翻山越岭而来
吹醒了一树梅花
又吹醒了整个春天
而母亲的呼唤
却永远留在童年

2019.01.22

风吹河岸

风吹河岸的时候
故乡的梅花次第开了

是谁站在岸边棠棣树下
遥望远山的积雪
与天际的归舟

桨声欸乃
吵不醒寂寞的山水
也吵不醒长眠的母亲

在暮色中归来的游子
忍不住深深叹息
风，吹落了几朵梅花
也吹白了他的头发

2021.01.18

母亲的笑

母亲，当你俯下身来
看着我，你的孩子
你笑得多像一个孩子
一个已经老去
白发苍苍的孩子

母亲，你站在阳光下
你舒展的笑容
比阳光还要温暖啊
当年我跌跌撞撞
扑进你的怀里
你也这样笑靥如花

母亲，我的天涯
就是你的牵挂
你不要望着我的背影
让眼泪哗哗
等到冬天下一场大雪
你还守在村口
笑着迎我回家

2017.02.03

疫中二月

从雪花到梅花
从梅花到玉兰花
春天总是如期而至
但从来没有哪个春天
在二月，与我们咫尺天涯

有多少次推开窗户
眺望这深不见底的世界
大雁飞过长空
鸟啼在耳边回响
街头空空荡荡
二月的寂静让人无比惊慌

有人在暗夜彷徨
有人在梦中哭泣
有人听不见良心的哨子
有人来不及呼喊就猝然离去
有人抓不住亲人的背影
这是二月，疫中的二月
天灾人祸的二月
又如此春光泛滥的二月

这是刻骨铭心的二月

伤痕累累永不回头的二月

2020.02.29

小时候的燕子

小时候的燕子
是古诗里的堂前燕
年年来我家梁上做窝

母亲陪它们养育儿女
我听它们轻轻唱歌
美好的日子一晃而过

而如今，老家的大门紧锁
母亲沉睡在故乡的山坡
我躲在城市的某个角落
斜风细雨中归来的燕子
会飞到何处落脚

2016.03.16

三月三

三月三，草长莺飞
怀旧的人会回到《诗经》里
在溱水和洧水边
见证旧时男女的爱情
燕子呢喃，芍药花开得正美

三月三，风乎舞雩
有人要陪孔子去野外踏青
一本正经的圣人啊
也会放浪形骸，带着
一群小年轻，六七个孩子
在沂水里沐浴嬉戏
疯疯癫癫地唱着歌归来

三月三，天朗气清
会稽山的兰亭又该热闹起来
王羲之和他的朋友们
真是好雅兴，曲水流觞
饮酒赋诗，挥毫泼墨
留下人间神迹
让后世多少人顶礼膜拜

三月三，兰花又飘香
风筝飞到蓝天上
挖荠菜的邻家小妹妹
像紫云英一样漂亮，母亲
已蒸好水萩粑，喊我们
在天黑前回家，三月三的
鬼火让人怕

2019.04.06

故乡的油菜花

故乡的油菜花开了，多么明亮的花朵
在春风里摇曳，就像一群孩子
顶着大片的阳光在田野里奔跑
而山坡上的玉兰就要落尽，山谷里
老家檐前的桃花刚绽开了三两枝

比孩子们更欢快的是仿佛在一夜之间
冒出来的蜜蜂与蝴蝶，在花海里
翻飞，追逐，尽享这春天恩赐的盛宴
把烂漫的花事推向一个又一个高潮

这世间最辉煌的美与最浓烈的芬芳
让人沉醉也让人忧伤，当春风更加浩荡
当青草淹没荒径，当金黄色的花枝
化为沉甸甸的籽荚，在落日的映照下
低得不能再低，而曾经在田野间
缓缓走过的我的祖父，我的母亲
那些深爱过我的人啊，早已消逝在
大地更远的深处，像这万劫不复的
光阴一去不回头，任凭此起彼伏的蛙声
把春天吵闹得如此喧腾，又如此空旷

2021.03.05

五月，故乡

无论风往哪里吹
都会拂来金银花的清香

五月，我的故乡
每一天都在拔节生长
竹笋已高过墙头
燕子也纷纷儿女成行
撒蹄奔跑的牛羊
赶不上金黄的麦浪

屋前高大的皂角树
撑起了一地阴凉
在如此熟悉的村口
却等不到母亲
多年前深情的眺望

201.05.03

栀子花和卖花女孩

栀子花的白呀
胜过象牙的白
胜过雪花的白
胜过月光的白
也胜过黎明的鱼肚白

从五月的乡下
来到城里的卖花女孩
她的脸庞
像栀子花一样白
她的眼神
像栀子花一样纯
她走过的地方
留下栀子花的芬芳

2020.05.27

凭 栏

在云中凭栏
你俯瞰的河山
满目青翠
恍若清新的鸟啼

风抚摸你的黑发
你玉立亭亭
衣袂翩翩
你转不转身都一样
在这晴空之下
你是绝世的风景

木鱼声声
山寺的塔铃叮当
是风动
是幡动
还是谁的心动

2020.06.02

父　亲

你帮我摘下天上的星星
从此我在夜晚不再惊慌

你为我种下多钙的种子
让我挺直了做人的脊梁

你替我解缆漂泊的小舟
任我在尘世间乘风破浪

你给我写下的多少书信
化作我至暗时刻的力量

你倚靠的村口的那棵树
温暖了我的思念与眺望

而如今，你已垂垂老矣
老得像一个任性的孩子
我如何为你，托住落日苍茫

2019.06.18

看门的猫

铁将军把守旧门
石阶上很久没响起跫音

不知所踪的主人
不会在云深处采药
在这样的年代
谁能活得像野鹤闲云

雨季已经来临
上了年纪的那只白猫啊
还在替狗看着门
它的忧郁
是一首唐诗里最不忍
读出的那一句

21018.06.16

大　旱

江淮大地严重干旱，两个多月没下过一场像样的雨，让人心忧。

——题记

湖水越来越浅
大地露出疼痛的伤口
一些贪玩的鱼
来不及回家，就风干在路上
镰刀还没有走下墙壁
稻子已倒伏在田野

在颗粒无收的眺望里
我听到父老乡亲低沉的叹息
和尚下山来求雨了
高科技的大炮在追赶云朵
喊渴的森林哪怕沾一点火星
都会酿成惊天大祸

后羿什么时候来收拾太阳
龙王何时才能现身
有人双手合十
有人念念有词

2019.10.29

秋风中的柿子

老家门前的柿子树
在秋风中摇晃

这是蓝天下
多么好看的一幅画
可惜没有谁会多看一眼
也没有谁会在画中
一个一个地摘下
那些醒目的红灯笼

母亲在树下安息
我们在外面奔波

馋嘴的鸟儿们
正好可以围着这棵树
过一个安逸的冬天

2016.11.08

草　垛

这是爷爷堆起的草垛
被丢失在童年的草垛
在我梦中无数次燃烧的草垛

有谁记住了弟弟的笑声
有谁见证了姐姐的爱情
又有谁升起了母亲的炊烟

在冬天，万物沉默而收敛
一堆草垛守住一座村庄
金子一样黄，阳光一样暖

2019.11.01

劈柴

哦，劈柴，金色的劈柴
私藏阳光，从森林失踪的浪子
在父亲的斧头下尖叫的劈柴
在母亲的灶膛里嬉笑的劈柴
在老家的门外垒成一垛墙
把寒风与大雪生生挡住的劈柴

哦，劈柴，童年的劈柴
在我梦里熊熊燃烧的劈柴
给我一堆劈柴吧
我可以抵抗整个冬天
还我一堆劈柴吧
我要回到亲人膝下的春天

2019.01.05

落　日

那天我酒喝多了
在路上遇到一轮巨大的落日
我忍不住抱着落日哭了

当我踉踉跄跄地回到家
把落日交给母亲
母亲说这是一个大南瓜呀
我挠着头傻傻地笑了

醒过来才知道是一个梦
母亲已去世许多年
只是我喜欢望着落日发呆
把落日想成母亲的南瓜
想象母亲抱着大南瓜
缓缓地走在落日的光影里

2019.12.11

孤　独

我远离了人群
也远离了自己

此刻
我的天空
只剩下一轮明月
我的四野
蛙声起伏

2021.05.26

空　山

当人们纷纷走远
当房屋和炊烟渐渐消失
山，就成了空山
像天空那样空旷的空山

山上长满草木
山上花香鸟语
山上飞瀑流泉
山上天天响起晨钟暮鼓
但这依然是空山

是云遮雾罩的空山
是唐诗中寂静的空山
是李白无数次远眺的空山
是王维缓缓转身
然后坐忘人间的空山

2016.12.21

被故乡追赶的人

刚一转身，故乡就在背后追赶我
鸟啼和流水在追赶我
炊烟和云朵也在追赶我

哪怕我逃到天涯海角
故乡都一直如影随形，用我的方言
来暴露我，用我的胃口来出卖我
用我的朋友圈来晒我，用落日和晚霞
来眺望我，用一轮明月来穿越我
用夜半的蛙声来皈依我

人到中年，故乡追赶得越来越紧
像风一样缠住我，像路一样引诱我
像米酒一样灌醉我，像梦一样
笼罩我，像旧情重燃一样困住我
像天使一般，带我回到紫云英的春天
回到屎壳郎的夏天，带我回到
红柿子的秋天，回到白雪花的冬天

被故乡追赶的人多么无奈
被故乡追赶的人又多么幸福

2019.11.05

观　物

总习惯躲开人群
找一个安静的所在
看天空和云朵
看地上的花草
看树上的小鸟

看两只蝴蝶调情
看一群蚂蚁搬家
看远山怎样升起烟岚
看湖水如何吞下落日
一直看到物我两忘
不知身在何处
今夕何夕

突然一个激灵醒来
不禁哑然失笑
让空空如也的自己
一点点地回到
这活色生香的人间
像一只越界的猴子
又逃回了原始森林

2020.06.26

山中来信

这是一个没有书信的年代
但我仍等着山中的来信

到了一年中最冷的时候了
我想象的那个写信的人
住在山中一所简陋的房子里
无论开门还是推窗
他总能看到巍峨的南山
山顶已经积满皑皑白雪

辛辛苦苦劳作了一年的他
终于可以歇下来，出神发呆
或者拄着一根柴火棍子
上坡下坎，东看西瞧
枝头没有落尽的野柿子
像红灯笼一样在风中摇晃
让他耳热心跳，几只鸟
却在谷底把空山叫得更空
又让他四顾茫然，不知所往

趁着暮色四合，昏鸦聒噪
他退回自己的老房子里
燃起了炉火，捻亮了油灯

摊开了信纸，提起了毛笔
不紧不慢地写起了书信
从李白写到苏轼，从鱼玄机
聊到李清照，又从晚清
扯到民国，然后打了个哈欠
这时窗外的天幕挂满繁星
一只狗的吠叫打破了寂静
不可能有谁来，此刻他的孤寂
化作了纸上的莲花与飞鸿

就等，这样一封长长的书信
从寒山瘦水的腹地
被一只青鸟衔着，穿过
十二月浩荡的云天
向我飞来，扑向我久久的眺望
訇然作响，却又翩然无痕

2020.12.20

又来宜城

顺着太阳的方向
我离振风塔越来越近

又来宜城，胜似修行
听那浩荡的江风
该会把多少记忆唤醒

在这寒冷的早晨
风尘仆仆，不为寻梦
只为瞥见自己
卑微的灵魂与那塔
的倒影

2021.02.29

怀屈原

当你翻开《离骚》
怎能让心情平静

仰望楚国的天空
听汨罗江水
不分昼夜地奔腾

两千年的喧哗
吵不醒曾经独醒之人

2017.05.24

致梁小斌

找钥匙的诗人已垂垂老矣
中国的四面八方
依然回荡着他焦急的呼喊

钥匙仍在某个角落里闪光
只不过大门早已敞开
人来人往，熙熙攘攘
谁会让一把钥匙派上用场

2017.06.13

纪念梵高

你离一朵向日葵有多远
就离梵高有多远

星空依然熊熊燃烧
梵高的目光
还在盯着这喧哗的世界
如此深邃和忧伤

2018.11.19

致卡西莫多

卡西莫多，卡西莫多
你已经失去心爱的姑娘
如今一场大火来袭
你又将失去栖身的钟楼

今夜，你将在何处安身

那回响了八百年的钟声
曾经唤醒多少沉沦的心灵
又见证了世间多少的美好

卡西莫多，卡西莫多
是谁灼伤了四月的眼睛
你听，你听啊
整个巴黎在喊痛
整个世界在喊痛

你，也在绝望地喊痛吗

2019.04.16

黑　洞

唯光芒最亮处
才能藏住最深的黑暗

像如来的佛掌
一切皆无可逃脱

黑洞
我不怕你吞噬一切
消灭一切
我只怕你
将一切都遗忘

2019.04.11

致青春

匆匆赶路的人
消失不见了
看风景的你
依然在桥上徘徊

两岸青山
挪不动身子
但花已开过无数次

曾经的少年
瞥见了风中的白发
山寺的钟声
让他放慢了脚步

2020.05.04

致又一年

我写下了很多诗句
每一句都是对大自然的
回应，或感恩
我不敢说这是情书

我对光阴也充满礼赞
但光阴是一条河流
左岸春风，右岸芦苇
人到中年，轻舟已过万重山
我路过了陶渊明
也路过了陈子昂

尘世高不过故乡的屋檐
我是来自山里的飞蓬
早学会了低头做人
活得卑微又自在
我在月光下打开
细小的花朵，唯自己可见

我站在凛冽的阳光下
任风吹，我的山河明亮

2019,12.31

致巴木玉布木

11 年前“春运母亲”巴木玉布木因一张照片而感动中国；11 年后的今天，重回大众视野的她，再次感动了我。

——题记

你背着一座大山
在人世间艰难行走

你怀抱二月的春风
搂紧襁褓中的孩子
多像一个美丽的天使

你弯腰，却不低头
以爱的目光披荆斩棘

巴木玉布木
你这来自大山的女儿
和母亲
上帝也会躲在暗处
眼含热泪
向你弯腰，致敬

2021.02.02

致　敬

人们早已习惯于
向宏大的事物致敬
向皇帝的新装致敬
向压迫自己的权杖致敬

我却愿意低下头来
趁着清晨的第一缕阳光
虔诚地双手合十
向旷野中的一棵大树
——致敬

2018.12.14

雾中吟

在一场大雾中
我让自己走失
然后又把自己找回

然后在路口看人们
究竟从哪里来
又要往哪里去

2017.01.03

截句：

思绪的
闪电

第五辑

1

当我面对一朵花低下头来时
我记起了所有的春天

2

如果有一架天梯
我会攀到蔚蓝的深处
俯瞰人间的悲喜

然后，将一切都忘记

3

莫奈画啊画，画了十二年的睡莲
把自己画到唐诗宋词里去了

在日出的时候我经常想起他

4

我像牛一样埋头苦干

我像猪一样呼呼大睡

我也以梦为马，纵横四野
我有我的远方

5

转过身来你是太阳
转过身去你是月亮

你是我的日日夜夜
你是我的乾坤朗朗

6

在日落之前陪你打坐
在日落之后伴你入眠

睡莲，风都吹不灭的火焰
还我六根清净，欢喜笑颜

7

在这样的雨夜
不要对一只青蛙诉说乡愁

听它歌唱吧
它远离了田园太久太久

8

你在为别人引吭高歌
我在对自己低吟浅唱

你仰视皇帝
我仰望上帝

9

晨钟暮鼓早已翻山越岭

师父，你要去哪里
这四周都是万丈红尘

10

蜻蜓还没有飞来
一朵小荷久久不愿打开

谁想错过
那两万多只眼睛的凝视

11

在梦中笑着的人醒过来哭了

在梦中哭着的人
醒过来还是哭了

12

没有百年一遇的大雨
只有百年不散的孤独

亲爱的马尔克斯
马孔多那里雨过天晴了吗

13

在雨夜能想起的最温暖的事情
是母亲坐在昏暗的油灯下缝缝补补

几个孩子的鼾声纠缠着屋顶的雨声
一直伴她到半夜三更甚至天明

14

阳光，我们等你来收拾暴雨

如果你渴了就痛饮泛滥的江河
如果你饿了就啃掉满地的青草
如果你困了就卷走所有的云朵

15

语言的疼痛
来自被一刀腰斩

在噤若寒蝉的时刻
要合拢花瓣

16

蝉在树上大声歌唱的时候
我们不去倾听，也不会仰视

我们在自己的世界里大声喧哗
沉迷着，不知老之将至

17

只有久别重逢
才有大美的落日与云霞

就如这天空，要学会等
哪怕耗尽自己虚度一生

18

蝉声响起时是盛夏
蝉声落下时是深秋

在蝉声满耳的日子
远离人间的闲言碎语

19

且让我们干了这一杯
然后去陪李白聊聊天

只说唐朝的旧事
不议当今的是非

20

从一杯茶里你能窥见什么
春风竞渡，雨后天晴

沉沉浮浮的叶子多像命运
伴你走过起起伏伏的一生

21

最好的夜晚是天空洒满星星
黑暗中飞出萤火虫
睡梦中响起流水声
淡蓝色的风吹来清新的黎明

22

最好的早晨是村庄里炊烟袅袅
你牵着牛儿去吃草
小黄狗跟在后面跑
洗衣的姑娘回头朝你嫣然一笑

23

坐忘山水
坐忘人间

一只倦鸟向你飞来
你耸了耸肩

24

我的左手和右手对弈
总是分不出胜负

世事如棋局
我的对手永远是自己

25

在雨季结束之前
拔除心中的野草

在阳光抵达之前
擦亮思想的刀锋

26

突然想提笔写一封信
然后山长水阔地等

27

风在什么时候最美啊

是它撩起恋人的长发
是它掀起金色的麦浪
还是它转动向晚的风车

28

清晨的第一缕阳光
总是矫正我对这个世界的印象

29

寂寞的人
有许多话想对别人说

孤独的人
有许多话要对天空说

30

那么多诗人端坐在月亮的殿堂中

他们沉默不语
但他们的不朽诗句朗朗有声

31

当大风吹走落日

天空该要多少云朵来照亮

在云朵下沉思或祈祷的人
让我窥见世界最美的模样

32

风从无中来又往无中去
但谁都记得风的样子

风一路所惊动的事物
纷纷被风的灵魂附体

33

阳光让万物生长
阳光让万物衰老

在阳光下追逐的人们
不要忘记阳光的霸道

34

蝉在树上大声歌唱的时候
我们最好安静下来

蝉一生只说一句话
胜过世上所有的金口玉言

35

草往深处秘密多
人往高处风险多

36

光明创造影子
黑暗吞噬影子

影子陪着它的主人
在明明暗暗的人世间浮沉

37

小时候我们一路丢掉自己
急着长大成人

而如今，我们想找回自己
却又力不从心

38

在阳光下干活的兄弟
风从你的双肩吹过

吹走了你的汗水
却吹不走生存的艰辛

39

阳光照进窗户
满眼皆尘埃

人在尘世奔走
处处惹尘埃

40

面壁是为了破壁

我们追寻的世界
多么辽阔而虚空

41

白云掠过山岗
风自蔚蓝的远方吹来

田野日渐金黄
炊烟想念稻谷的清香

42

这两个人出神地望着天边
他们在夕照下的剪影
是我一挥而就的
上联和下联

43

忘记天空，不再仰望

有多少人变成了爬行动物
却又被大地拒绝

44

扇形的美，古中国的诗意
亿万年的沧桑

依然清新如初的银杏叶子
等着阳光来续写金色传奇

45

雷声滚滚，夏天的马车隆隆驶向远方
饱满的云朵藏不住秋刀的寒光
万物喧哗，有谁无端欢喜
大地苍茫，又有谁在风中惆怅

46

蝉声高远，蟋蟀低唱
十里荷塘盛满月光的清凉

风吹过的田野季节拐弯
叶子落下的地方处处皆故乡

47

落日追赶清晨
云霞追赶落日

湖水追赶云霞
夜色追赶湖水

48

轻舟已过万重山
人到中年午后天

49

一轮明月俯瞰人间
请熄灭所有的灯火

让夜晚回到真正的夜晚

50

喜欢照镜子的人
容易发现自己的衰老

喜欢看风景的人
容易忘记自己的存在

51

每天听流水风声
借此来虚度光阴

每天看日出日落
借此来安顿心灵

52

人在旅途
与许多人擦肩而过

有多少人转身就被忘记
又有多少人将浮现梦中

53

师父在大殿内念经
姐姐在学堂里念书

一枚秋叶落下来
小和尚想家了

54

阳光浩荡，枝头明亮
落叶纷飞，西风卷走云朵

天地空旷，渴望远行的人
在一幅画中回到故乡

55

往大雁的南方飞
向梦境的深处走

在云朵的阴影下眺望
逆风而行，逆流而上

56

有人口吐莲花
有人嘴喷雾霾

穿行在莲花与雾霾之间
过半人半鬼的日子

57

蝉歌渺渺，几成绝唱
青草地上走过最后一群牛羊

风吹树叶，露惊蟋蟀
南方的燕子要去更远的南方

58

在秋风中经过一树紫薇
恍惚回到遥远的青春

仿佛看到时光的刀锋
多么凌厉，又多么温暖

59

早晨的风啊，吹过来
像母亲多年前的抚摸
微凉而又温暖

60

月亮是一首唐诗的句号
是一阙宋词的感叹

是一面相思的镜子
是一盏照亮回家之路的灯

61

如果看到一只鹰在头顶盘旋
你要撵走在草丛中嬉戏的兔子

如果看到一只兔子在偷吃青菜
你要装作若无其事地走过

62

风拐过巷口的时候
你不要去追

你就原地等下一阵风来
它也带着桂花的香

63

在秋天的高处眺望
我想看见更远的秋天

其实远方一无所有
就像我曾经做过的梦

64

在梦中遇到的困难
梦醒了就没有了

在生活中遇到的困难
做梦也摆脱不掉

65

从你的全世界路过

蓦然回首
看得到你的天空
看不见你的背影

66

风与我如影随形
我却看不清它的模样

风在我耳边呢喃
我却躲不开尘世的喧嚷

67

岁岁重阳
今又重阳

登高望远
怎不见陈子昂

68

因为云朵
我抬起头来

因为花朵
我俯下身子

69

风吹动花朵
让它开让它落

光照亮万物
让它生，让它灭

70

叶子抵达的深秋
是惊鸿一瞥的美

也是时光燃烧的痛

71

穿行在布满雾霾的都市
我听到上帝的咳嗽

风是如来佛的使者
至今未找到进城的大路

72

弯腰拾落叶
感觉是光阴
把日子撕成了碎片

美丽却不堪细看

73

我的黎明是你的原野
你的落日是我的深山

74

秋天是一幅总也完不成的油画
不知谁在涂抹着，色彩越来越绚丽

忽然一阵风吹来，油画不见了
寒山瘦水里，中国古代文人在写意

75

风从旷野中吹过
它的空虚更加辽阔

风从尘世间吹过
它的容颜愈显沧桑

76

用目光开路，用呐喊唤醒沉睡的森林
用手举起坠落的星辰
用脚踩住喘息的河流
用诗歌，用泪水，来应答空谷的回音

77

我想去深山采菊
我想背回阳光的暖

我想遇见陶渊明
我想路过孟浩然

78

初升的太阳跃过楼群
从雾霾中挣扎而出

它高高在上
却看不清世界的模样

79

多少年我在磨一把剑
到如今它还是一块废铁

多少年我在做一个梦
而如今我还在梦中徘徊

80

左岸光阴，右岸节气
穿行在生命的河流中
我们被岁月洗礼
又被岁月抛弃

81

每天早晨从湖边走过
总是遇到一些人和鸟

那些人我叫不出名字
那些鸟我从小就认识

82

是谁将云河高高举起
把浪花一朵朵点燃

83

草木发情
必有桃色事件

你看蜂蝶
纷纷闻风而至

84

在一杯新茶里，与故乡相遇
遇见三月的梨花高过屋檐
遇见四月的布谷飞过田间

遇见母亲在早晨升起的炊烟

85

不要大声惊扰一朵花
花朵也会做梦

不要随意践踏一棵草
小草也有尊严

86

童年说话多新鲜的语病
青年说话多修辞的泡沫

中年说话多意义的陷阱
老年说话多句式的滑坡

87

时间的玫瑰从不凋谢
五月的花朵返回春天

从一阙婉约的宋词中走过
我听到了惠特曼的咏叹

88

天上飘过流云
地上走过人群

从人群中走散
我找不到自己的背影

89

在南方之夜的深处
任江风吹，任山风吹

风吹响了佛塔上的风铃
风吹白了我的头发

90

从一棵树出发
一朵花能飞多远

从一场梦出发
世界能有多辽阔

91

雨季来临，雷声在窗外奔走
你是否唤醒了梦中的野马

仰天长嘶，御风而行
你是你自己顶天立地的英雄

92

李白患上了恐高症
不敢摘天上的星辰

白居易已厌倦了夜生活
谁还稀罕红泥小火炉

93

故乡的日落
正在他乡喷薄而出

我登上的峰顶
高过万丈红尘

94

谁是你的旧爱
总在月下敲打你的窗户

谁是你的新欢
总在清晨拥抱你的影子

95

仰望天空
我用目光收割云朵

俯瞰大地
我用汗水收割生活

96

在遥远的山中
多鸟啼多白云
多长久的孤独

这一切，不堪持赠君

97

从一场大雪中
打马归来

远方即是此在
中年亦是少年

98

我相信云朵的清白
胜过信奉人间的真理

风会吹走所有的云朵
但吹不走
我对云朵的眺望

99

我有骏马找不到鞭子
我有宝刀找不到砥石

我有呐喊找不到回响
我有眺望找不到远方

100

光阴掷过来的那把剑
让你感觉不到疼痛

但它分明击中了额头
唤醒了内心的雷鸣

图书在版编目（CIP）数据

坐看云起时 / 何正国著 . -- 合肥 : 黄山书社，2021.10

ISBN 978-7-5461-9729-6

Ⅰ . ①坐… Ⅱ . ①何… Ⅲ . ①诗集 - 中国 - 当代 Ⅳ . ① I227

中国版本图书馆 CIP 数据核字（2021）第 202557 号

坐 看 云 起 时
ZUO KAN YUN QI SHI

何正国　著

出 品 人　葛永波
责任编辑　张月阳
装帧设计　有品堂_刘　俊
出版发行　时代出版传媒股份有限公司（http://www.press-mart.com）
　　　　　黄山书社（http://www.hspress.cn）
地址邮编　安徽省合肥市蜀山区翡翠路 1118 号出版传媒广场 7 层　230071
印　　刷　三河市同力彩印有限公司
版　　次　2021 年 12 月第 1 版
印　　次　2023 年 6 月第 2 次印刷
开　　本　880mm × 1230mm　1/32
字　　数　100 千字
印　　张　7.25
书　　号　ISBN 978-7-5461-9729-6/01
定　　价　68.00 元

服务热线　0551-63533706
销售热线　0551-63533761
官方直营书店（https://hsss.tmall.com）